當代名家

周末四重奏

⊙高行健

初夏，櫻桃時節。

周末，鄉間農莊，一棟老房子。

安，一個慵倦的女人。

老貝，一位已到暮年的畫家。

西西，一個風騷姑娘。

達，一個不知還有什麼可寫的中年作家。

四重奏之一

老貝：那天下午，你同她在花園裡，陽光挺好，陽光和曛，她說。她喜歡咬文嚼字，你要是說陽光和曛，她又有別的詞，糾正你已經成了她的一種嗜好。她什麼都不做，成天捧本書，把書中揀來的詞，往你頭上套。她想寫書，女人要想寫書，寫就是了。問題是，她只是想寫，而不眞寫。同一個想要寫書的女人成天在一起，諸位不妨試一試！你得陪她討論，倒過來伺候她，而不是她照顧你。娘兒們的情緒，如同老天的脾氣。你頂她一句，跟著就變臉。那天下午，你同她，在花園裡，本來陽光挺好——

安　：陽光和曛。

老貝：而且沒戰爭！

安　：說什麼？

老貝：你說你說的是沒有戰爭，這也不對？就見她皺起眉頭，你只好陪個笑。她，好歹風韻猶存，當然，要是再倒回二十年，那可是沒說的。可你，也只剩下一副早已鬆弛的老臉。不過，話說回來，一個女人就算還有點姿色，要眉頭鎖緊，人也窩心，你只好轉身，裝沒看見。

（門鈴響）

客人們來了！你去開門。你請他來你這鄉間度個周末，自然說的是偕同女友，而他總也不缺小妞，同你當年一樣風流。

安　：安。

達　：達。

西西：西西。

老貝：就叫我老貝，比諸位多少老了點。

達　：太陽眞好！

老貝：太陽和曛，你立即糾正來客，不如說是提醒。你不覺轉身，她好在已眉頭舒展，笑臉相迎，自然朝他，而非他身邊那位青春煥發的小朋友。這份刻薄，未免過分，你自己知道，只因爲這把年紀，也恰恰因爲上了年紀，這點自知之明，倒還有。

西西：這花園可眞大！

老貝：一直通到草場，這原先是個莊園，可以養馬。同女孩子，你如今只能這麼顯派。待會兒領你們溜躂溜躂，既來之，則安之，盡可以隨心所欲，如同在你們自己家。不先喝點什麼？酒還是茶？

達　：沒一點噪音，蜜蜂嚶嚶的都能聽見。

老貝：只一條便道進來，離高速公路挺遠。

西西：達，你看，還可以沖著這花園洗澡呢！

老貝：整面玻璃門都能打開。早晨，陽光逕直曬到澡盆，要喜歡日光浴的話。

西西：您的畫室呢，能看看您的畫嗎？

老貝：喏，那邊，馬廄裡。進了這門，就沒您這一說，沒有輩分。待會領你看畫。

西西：好，那就叫你老貝，眞逗。

老貝：爲什麼不？老歸老，得活得快活。

達　：可眞是個世外桃源。

安　：也有的是房間，要寫作的話，非常安靜，無人打攪。

達　：你是不是也寫？

安　：時不時，不過寫著玩。

西西：眞讓人羨慕！達，我們應該在鄉下買處房子。

達：當然，不過，得買得起。

安：這原先並不貴，都是後來他自己設計裝修的。

西西：寫本暢銷書不就有了？

達：三角或是再加一角，再添上各種作料，警匪，政治醜聞，
性倒錯，異國情調？

安：總歸得色情。

達：你寫的什麼？或是，打算寫的？

安：我只寫我自己，也只有我自己才看。

達：不打算發表？一種隱私文學？

西西：達，你看人活得多灑脫！

老貝：還得有好酒！有朋自城裡來，共度周末，又有賞心悅目的
小女子相陪，何不一醉方休？夕陽無限美，再說，也沒有

戰爭，人生還有何求？諸位，聽什麼音樂？盡可自選，唯獨那少男少女的搖滾，同你這年紀也隔得太遠。你也發過瘋，從自戀到革命，確切說，顛覆藝術，或藝術的顛覆，不是沒弄過。到頭來，藝術畢竟是藝術，那革命呢，如今安在？你只慶幸，沒病沒災！得，乾他一杯！

西西：啊，櫻桃！

老貝：可不是，想吃隨時摘，沒打農藥。

西西：我最喜歡吃櫻桃。

老貝：儘管摘，這裡沒有規矩。安，給她拿一把剪刀。

西西：我自己來！

**達　**：一個初夏的下午。

老貝：一個周末。

達：上帝本只給一天，

老貝：人還嫌不夠。

達：好無所事事，享受生活。

老貝：如果人都像鳥，棲息在樹上，沒有煩惱，生活該多美好。

達：要沒地震，沒車禍，沒污染，沒有詐騙，也沒失業，還得沒愛滋病，沒綁架人質，沒謀殺。

老貝：也就無所謂正義，無所謂理想，無所謂同情與憐憫。

達：自然也沒道德一說，世界要十分美妙，又何必來這種說教？

老貝：總歸，此時此地，好一個周末！

達：人間的伊甸園，不只是上帝才有花園。

老貝：說的是！再說陽光又挺好——

安：陽光和曛。

老貝：沒有戰爭，也包括種族和男女之間，

西西：別戰爭戰爭的，眞煩人。

老貝：你喝點什麼？

西西：先來點馬提尼。

老貝：加冰塊嗎？

西西：謝謝。

達　：看報了嗎？薩拉熱窩——

老貝：噢，多事之地！

安　：能不能談點別的？

達　：義大利，黑手黨，炸了一輛——

老貝：這種事，哪兒沒有？

安　：至少，眼下，這裡還沒蔓延。

老貝：噢，對不起，弄髒了？
西西：一丁點，沒什麼。
老貝：要想沖個澡的話——
西西：沖著這花園？
安　：這設計，可是他最得意之作。
老貝：可也得有女孩子肯表演。
安　：說點有趣的吧！

達　：有一天——
西西：說下去！
安　：說呀，怎麼的？
達　：一個寓言。
安　：什麼意思？
西西：什麼意思都沒有。

安　：怎麼了？
達　：寓而不言。
西西：一點都不可笑。
安　：啊不，還是有那麼點意思。
西西：意思在哪兒？說呀！
老貝：這姑娘眞可愛。
西西：可人說笨。
老貝：誰說的？
西西：問他去。
安　：說點別的好不好？
老貝：啊，這麼好的天氣，
安　：陽光和皫！

老貝：而且沒有戰爭。

達　：大家健康！

老貝：乾杯，乾杯！

西西：能不能看看您，對不起，你的畫室？

老貝：當然歡迎。

安　：她很活潑。

達　：話也特多，待不住的。

西西：礙你事了？

老貝：這就是現今年輕人。

西西：我特喜歡畫。

老貝：也喜歡櫻桃？

西西：啊，那是我小時候，我家，院子裡也有一棵……達——

老貝：讓他們去，安是隻懶貓，就喜歡曬太陽。

安：你喜歡他的畫？

達：看過他的畫冊，還有博物館……。

安：這不算回答。

達：我喜歡他這人，挺熱情。

安：你有點狡猾。

西西：快點來呀！

達：就來。再說，他人很直爽。

安：就是太直爽了，這倒不假。

達：不一起去看看？

安：去吧，我可看過不知多少遍了。

西西：他總是這樣，拖拖拉拉，同人明明定好的約會，他就能把日子記錯了！

老貝：約的當然不會是女友，噢，對不起。

達　：不妨再看一遍？

安　：我該準備弄晚飯。

西西：我才不管他這些！人沒老就先糊塗了。

老貝：同個作家生活在一起不容易呀。

達　：能幫什麼忙？

安　：謝謝，都已經進了烤箱。

西西：去他的作家，我有自己的事，又不是他的秘書。

老貝：當然，當然，誰都忙，尤其你這麼個漂亮姑娘。

安　：你倒挺會關心人。

達　：獻點殷勤。

西西：達！

達　：來啦。

老貝：幫把忙，這大門很少開，平時進出都從那屋樓上的過道。

西西：嚇，這裡面還上下兩層，眞大！

老貝：隔成一上一下大小兩個畫室，要知道，這裡原先得養一群馬。

（音樂）

西西：啊，櫻桃樹！

她說她一看見滿樹的紅櫻桃就深受感動，剎時間，回到了童年。說的是她還是小姑娘的時候，她家院子裡就有這麼一棵。她父母那時候還沒有分手，她也有個家，那家也有個花園。她不是沒父親，可記不清，什麼時候起，便再也沒見。只是，有一次，她從一個男人的房裡出來，跑下樓梯，直穿馬路，一輛車在她身邊煞住，嚇得她出了一身冷汗。車裡是個老頭，望住她，什麼話沒說。街上空蕩蕩的，沒有行人，車開走了。這時候，她突然想起，要也有父親的話……。

她說她去找過她爸，是從電話簿上找到的號碼。她想了很久，這電話該不該打？

終於，還是打了。

她說，接電話的是個女人。

她說，那女人還是留下了她的電話號碼。後來，她爸回了話，約定在一家咖啡館見面。她猜想，坐在玻璃門面拐角的那位禿頂的先生該是她爸，同她的記憶全然兩樣。而她記憶中的她爸那形象，誰知道，是不是出自於她的想像……。

他說，她說他爸說，她如果需要錢，應急的話，可以找他，可又說，他也沒多少錢，他同他這女人，也有個女孩要養。可他還是給她寫了張支票。

她說，就再也沒有找過他，再也沒有找過她爸。

老貝：挺迷人的一個小妞。

達　：當然。

老貝：多大了？

達　：二十。
老貝：好年輕呀。
達　：她總說她二十。
老貝：總歸是好年華。還在讀書？
達　：讀讀又不讀，不知道自己要做什麼。
老貝：啊，這年紀，又是個女孩，可有的是選擇。

西西：對不起，我有點緊張。
安　：怎麼了？
西西：我有點不正常。
安　：怎麼個不正常？
西西：我這月還沒來例假！
安　：去檢查一下，這很容易。
西西：會不會是懷孕了？

安　：你不要孩子？

西西：是他不要。

安　：你還太年輕。

西西：你怎麼不同他生個孩子？

安　：他？太老了。

西西：哪兒的話！

安　：你不知道。

西西：當然不知道，可看上去，他精力還挺旺盛，挺風趣——

安　：他有糖尿病。

老貝：她說到她父親，令人感動……

達　：她沒父親。

老貝：哦，她說到支票——

達　：同你講的？

老貝：總之，一個令人感動的故事。

達　：她同誰都講，只要一認識！

老貝：肯定是她的一塊心病，可以理解。挺可愛的姑娘，你可眞走運。

達　：運氣不運氣很難說，碰上的，是個機會。

老貝：哪兒碰上的？

達　：在火車站。

老貝：噢！

西西：要懷孕了，是不是就該有反應？

安　：我沒生過孩子。

西西：可我眞希望同他有個小孩。

安　：這也很容易。

西西：可他要是不認。

安：你還有別的男人？

西西：噢，別這麼說，我只愛他。

安：他呢？

西西：這還用問？

安：那就同他結婚，生你們的孩子好了。

西西：你們結了婚？噢，我只是問問。

安：我離過。

西西：他呢？

安：也離過婚，我們也就不再結了。

老貝：想不到，火車站眞是個好地方。

達：更確切說，是火車站的酒吧。

老貝：可這裡離火車站太遠。再說，這麼個小站，連個酒吧也沒有。這裡只有個鄉村酒店，泡的全是老頭，年輕人都進城找工作了。

西西：他挺有名？說的是他的畫。

安：畫家得熬到老，不熬上那麼幾十年，有誰知道？你打算學畫？

西西：噢，不，可我挺喜歡，說的是欣賞，只是看不太懂。

安：畫不在於懂不懂，全憑感覺。

西西：噢，感覺我當然有，要是風景或是人體，可他這種畫……不知道怎樣的感覺，要是做模特兒的話？

老貝：說下去！

達：說什麼？

老貝：火車站的酒吧，我至少十年沒沾過。眞是這樣的？

達：眞的，當然是眞的，她過來問我要根菸，我給了她，也給她點了個火。

老貝：這很自然，這麼個小妞，這麼點小殷勤。

達：她就在我桌子對面坐下。

老貝：也等車？

達：可不是，她，沒帶錶，問我鐘點。

老貝：現今，姑娘們又時興不戴錶。

達：還正巧同一班車。

老貝：火車站的酒吧，不等人，就等車，可不是！

安：他要你做模特兒來著？

西西：喔，沒有！

安：這沒什麼，他經常用模特兒。

西西：他也畫女人。

安：以前畫過。

西西：他也畫裸體？

安　：當然，他早年，現在，可不又開始了。

達　：有什麼……好像燒糊了？

老貝：啊，烤肉！安——都燒焦啦！

安　：喔，對不起！

（音樂）

西西：這樣行嗎？

老貝：怎麼都成。

西西：可以說話嗎？

老貝：說什麼都行。

西西：可我不知道該說些什麼？

老貝：想說什麼就說。

西西：不知道說什麼才好，有點彆扭。

老貝：你不管說什麼，都挺有趣。

西西：眞的？

老貝：當然，譬如，你說起櫻桃樹，就挺動人。

西西：噢，那都是沒有意思的話，我覺得……在你面前，好像還沒長大，你是不是覺得沒脫孩子氣？

老貝：啊，我還就喜歡有你這樣個女兒！

西西：好給你畫？做你的模特兒？有女兒給爸做模特兒的嗎？

老貝：正因爲沒有，所以才想，人想的往往是得不到的。我還眞想有你這樣個女兒。

西西：說實話，我也正想有個像你這樣的老爸爸。

老貝：啊，那我就可以有個女兒總給我畫。

安：請點上枝蠟燭。

達：欣然從命。

安：別燙了手。

達：一枝蠟燭，能燒到哪兒？

安：火燭的事，要不加小心，誰也難預料。

達：這倒也是。你經常這樣面對燭光？

安：我喜歡點蠟燭，特別是有人來，這樣聊天。

達：這有種氣氛，挺溫暖，可一個人這樣待著，反倒特別孤獨，你不覺得？

安：我無所謂，怕寂寞的是他，客人都是他請來的。

達：越老越怕寂寞？

安：這不在年紀。

達：怕人遺忘？

安：這他倒不太擔心，他已經進博物館了。

達：那麼，怕什麼？

安：怕乏味。

老貝：那兩瓣微微張開的嘴唇，鼓脹脹而稜角分明，還有嘴角那點溫暖的陰影，那脖子和肩胛的線條，啊，那兩顆鼓脹脹的小櫻桃，你眼光止不住觸摸，叫她渾身哆嗦。你也喜歡她那雙小手，指尖又十分細巧。一個精靈的小東西，露出一顆顆白牙。她鼻翼抽動，嚥口水的時候，頸脖子上的血管便起伏彈跳。你喜歡她光潔的肌膚，那細柔的折皺和她纖細的絨毛，你喜歡她笑。

你當然喜歡有這麼個風騷姑娘，在你身前身後，供你欣賞，也煽起慾望。你還不得不承認，不只是充當她老爸，畢竟是個男人！

達：那麼，談點什麼？

安：她說她聽著呢。

達：你說你不如聽她談。

安：她說她沒什麼可談的。

達：你建議不妨談談她要寫的書。

安：她說她只是要寫，還沒寫，你既已寫了那麼多，要談書還不如聽你的。

達：你說書既已寫了出來，看就是，無需再談。

安：那不妨談談你還沒寫的，或是正在寫的。

達：可問題在於，不知道要寫什麼？再說，還有什麼可寫？

西西：看什麼呢？

老貝：沒看什麼。

西西：可你明明望著我——

老貝：你說望的是她，你那女兒。

西西：那她就由你看個夠。

老貝：她當然並非你女兒，正因爲不是，你這樣注目，才一無拘束。

西西：還畫嗎？

老貝：當然，沒完。而畫不過是個藉口，好留她在身邊，她何嘗不想被人欣賞。

西西：這樣？還是那樣？

老貝：就要她坦露無遺，無所顧忌。

西西：哪樣更好？

老貝：一隻小野貓，盡可以賣弄風騷！

安　：那就談你自己，作者比作品該更有意思。

達　：應該說，通常未必。

安：那麼你的書都是編造的？或者出於想像？
達：當然得有眞實的感受。
安：這，人人都有，可成不了作家。
達：問題是否能表達出來，要能眞寫出切身的感受，每個女人至少可以寫本有趣的書。
安：爲什麼只是女人？
達：只寫男人的書沒人看。
安：也包括你自己？
達：是的。
安：那麼，你只寫女人，要我沒弄錯的話。
達：女人和男人，或倒過來，男人和女人。
安：別總男人女人的，男女一樣都是人。
達：正因爲有性別，感受便全然不同。
安：除了性，就沒別的區別了？

達：當然有，譬如，你與我——

安：別談你我。

達：我只對活人有興趣。

安：可我已經死了！

達：眞的嗎？

安：差不多吧。

老貝：一扇門……

西西：你說什麼？

老貝：一經打開……

西西：打開什麼？

老貝：你說的是一扇門……

西西：是你在畫？

老貝：黑幽幽，無法辨認……

西西：要不要開燈？

老貝：不用。一個幻覺，一個影像……

西西：你是在說我？

老貝：你說你只是自言自語。

西西：懂了。

老貝：用不著弄懂，只是在努力辨認。

西西：唔。

安　：這門也不關，他們在裡面也不管人聽不聽見。要是這會兒把門關上，他們立刻知道。要不關，這夜深人靜，一丁點響動都清清楚楚，又有些不妥。爲他們著想，至少是爲他，還得把這房門輕輕掩上。也許是故意讓這門似關非關，才留出一條門縫，她當然不會這時候進去，弄得誰都十分難堪。何必多此一舉，由他們去，關掉走廊上的燈，她悄悄走開就是了。

老貝：一團燭光，恍恍惚惚，一個不甚分明女人的背影，你悄悄接近，等她轉身，她卻緩緩低頭，雙手捧面。你於是把手擱在她肩上，她扭頭轉向你，啊，一張乾癟的老臉！燭臺就落地了……

你重新墮入黑暗之中，想揀起那燭臺，卻只摸到了燈盞的碎片……

你想弄清這是眞的，還是夢境？抓住殘碎的玻璃，看能不能叫你出血，捏在手心，使盡全身的力氣，還就流出來了……

你腿腳冰涼，好像沒穿褲子，彎腰摸腳，竟然是條假腿！

西西：眞的嗎？

老貝：好像塑料的，這有什麼好笑？

西西：她說她沒笑，那你也是假的？她只是問問。

老貝：你說你說的是一個幻覺。

西西：那她呢？也是個假象？

老貝：活脫一個小婊子！

西西：就是這樣，誰見了都迷！

老貝：也見誰都招？

西西：哪個貓兒不沾腥？你怎麼不畫了？

安　：她不知道是不是愛他，不知道是不是忌妒在作怪。她希望他幸福，再說，他來日無多。又不是他妻子，也不必干涉，沒有契約，也就沒有約束。一個自己送上門的小騷貨，還不由他去了。她橫豎不拉皮條，同她無關！可她不知道爲什麼偏偏有點緊張？好像她有什麼過錯！不過見走廊上燈開著，把燈關了，不就完了？

達：啊，對不起，你說你來找火柴。你的打火機，不知落在什麼地方了。

安：她說她的書留在客廳裡，睡之前，通常都要看一會兒。

達：當然，書通常有催眠的作用。

安：還得是有趣的書，要不然，不會床頭還看。

達：你說你通常睡得很晚，睡前還得抽根菸，這也是多年養成的壞習慣。

安：她說她睡不著的話，就喝一小杯威士忌，你要不要？

達：你知道不過在做戲，可這種遊戲也令你興奮不已。

安：她裝得一切似乎都非常自然，不以爲只穿件睡衣有什麼不當。

達：這世界上沒有純然巧合的事，凡事都有個因緣，都有個動機。你可以說你找火柴，或者隨便找點什麼，人總能找到要說的話。

安：她並非對他特別有興趣，無論哪個男人，如今都不能令她鍾情。這杯酒，喝之前就已經知道會有什麼後果，可她，還喝。

達：就是這樣，一個對生活已經厭倦的女人，總還得活。

安：一個男人總不肯放棄對女人的誘惑。

達：你弄不清是誰誘惑誰，總歸本性不改，再說，也從中取樂。

安：她說，別過來，不，別過來！

達：無法前去，又不能倒退。向左，向右，都落進陷阱。於是，只享受，瞬間墜落的快感，然後，還不知，有沒有這然後……

總歸，不必再裝腔作勢，故作姿態，更加平實，更得自
在。
沒有聖徒和使者，這肉身，倒也實實在在。人，注定不可
能有別樣的生活。
一場玩笑，性的遊戲如同賭博，將自己消耗，或是輸掉。
當思想終止，聽聽莫扎特，不也慰藉？

四重奏之二

安　：好嗎？

西西：挺好，喔，好久沒有這樣過周末，鄉下可眞舒服。

安　：趕上這季節，要冷天可沒這麼好過。

西西：冬天可以生火呀，我最喜歡守在壁爐前。

安　：可畫室那麼大，再生火也不暖和。

西西：可我只要房子寬暢，心情就特別快活，不管做什麼。

安　：那麼，你做什麼呢？

西西：不是還做模特兒嗎？他還沒畫完。

安　：我問的是，你平時做什麼？

西西：什麼都做，不過，我最喜歡的是有個自己的家，像你這樣，待著什麼都不做。

安　：你不是都有了嗎，同你朋友？

西西：他呀，養不了我，別看是作家，我哪有你那福氣，照樣得找工作。

安　：做什麼工作呢？
西西：有什麼做什麼，這很難說，有意思的工作不好找。
安　：也做模特兒嗎？
西西：噢，不，這可是頭一回，可蠻好玩，你不覺得？
安　：你不嫌煩？擺個姿勢一動不動，就是半天。
西西：不，他讓我隨便走動，還可以時不時過去看看他怎樣畫。
安　：可不，模特兒同他工作都特別愉快。
西西：他有很多模特兒？
安　：你當然不會是最後一個，各種各樣的女人他都畫。
西西：他是不是也時常畫你？
安　：他就好年紀輕輕的。
西西：可我認為成熟的女人，女人味兒更足。
安　：這就是老人的毛病，越老越好。小妞，你只要不彆扭。
西西：喔，我挺自在的。我喜歡這老頭，細心，又溫和。

安：自在就好，也可以到外面林子裡去走走，不必整天關在畫室裡，你是來玩的，要專來工作，他還給報酬。

西西：我可不是爲這個！我喜歡看他畫，看到自己怎麼在畫布上變成個像是自己可又還不認識的女人——

安：當心，別讓他太興奮。

西西：這我知道——

安：不，你不知道，他血壓高。

西西：對不起，我到林子裡去走走。

安：好嗎？

老貝：不錯，睡得挺好。

安：說的是你的工作，也挺滿意？

老貝：一個風騷的丫頭，有點粗俗。

安：只要你還有興致。

老貝：那當然。

安　：那就不妨多留她幾天。

老貝：不一定。得看——

安　：她也不像有工作，周末一過非回去不可，只要她男朋友沒意見。

老貝：他呢，有趣嗎？

安　：怎麼說呢？有點自負。

老貝：每個作家都自以爲獨一無二。

安　：你不也一樣。

老貝：當然。不過，作家有趣的並不多。

安　：他挺會調情。

老貝：眞的？只要你不討厭，我就怕請來的客人你嫌煩。

安　：至少目前還好。

老貝：那就多留他兩天。

安　：要是他女朋友也不走——

老貝：當然，要煩了你就說。

安　：這家主人是你。

老貝：你也是女主人。

安　：不一定。

老貝：爲什麼？

安　：不爲什麼，這樣大家更自在。

老貝：你不去看看我的畫？

安　：等你畫完再看吧。

老貝：她滿有耐心，當然也好動，好奇，還從來沒當過模特兒。

安　：這不更好，對你來說，很新鮮。

老貝：當然，也很刺激。

西西：看什麼呢？

安　：看雲。這雲有點古怪。
西西：哪兒怪？
安　：它隆起脹開，再隆起，再脹開，蔓延開來，中間又隆起，
又脹開，都來得很快。
西西：要下雨了。
安　：像朵瘋長的菜花。
西西：眞有你說的！
安　：可不，到處都污染，雲也一樣。
西西：要不要我來烤麵包。
安　：烤麵包的夾子在爐台上，咖啡還熱的。
達　：啊，沖了個涼水澡，好痛快！
安　：睡得好嗎？
達　：好極了，眞安靜，要不是鳥叫還能睡。你起得很早？

安　：我喜歡聽鳥叫。

達　：可不是，天剛亮就叫個不停……掉雨點了，你也喜歡聽雨？

安　：聽雨聲，心情特別寧靜。

西西：我可不喜歡雨天，哪兒也去不了。

老貝：這雨下不長，待會停了，盡可以到草場那頭，去河邊釣魚，或去林子裡採蘑菇。這裡沒限制，你想怎樣，就怎樣。

西西：想搗亂呢？

老貝：小丫頭怎麼了？

西西：（輕聲）我想砸碎點什麼？可以嗎？

老貝：只要你覺得快活！

西西：也可以叫老爸爸？

老貝：當然，有這麼個女兒，眞是有福了。

西西：福氣不是揀來的，不珍惜可就跑啦。

老貝：（大聲）聽見了沒有？

達：這麼大聲怎麼聽不見？

西西：不，他耳背。

老貝：可是眞的？

西西：人思考，也經常是裝的。

安：是這樣嗎？

達：我看雨呢，雨水在玻璃上流，景象跟著變，就像是幻覺，你不覺得？

安：要是冬天，下過雪，沒一點足跡，就像在墓地……

達：可對死的感觸正來自活生生的慾望，不是這樣？

西西：啊，對不起！我把杯子弄碎了……

老貝：舊的不去，新的不來。

西西：我洗著洗著，它就碎了。

老貝：可不，用久了，就碎了，別說杯子，什麼都一樣。

西西：人也是這樣？

老貝：當然，人這東西，這樣那樣的毛病更難免。一個杯子，用不著在意。

西西：那心呢？

老貝：什麼？

西西：人的心——

老貝：啊，這玩意，更難弄。小東西，怎麼啦？

西西：小東西沒怎麼，扎了手。

老貝：讓我看看，別感染了，安！創口貼還有嗎？

安：一隻狡猾的貓。
達：一隻蝴蝶誰都招。
老貝：跟我來，去包紮一下。
達：他精力倒是蠻旺盛的。
安：這是早晨，你們在，又有個女孩子。可平常，他中午就喝起，到夜裡就不行了，這麼大的房子，只聽見他的鼾聲。我房門總得開著，要夜裡醒來聽不見這鼾聲，反倒不安。我父親就這樣死的，也是喝酒……
達：你不能這樣過。
安：那麼，怎麼過？
達：比方說，你們可以經常出去轉轉——

安　：到哪兒都喝！要他一個人開車出去，誰知道什麼時候……

達　：那你就這樣成天守著？

安　：這倒不用。人總得有個可以停泊的港口，他畢竟是條忠實的老狗。

老貝：這屋裡的書，你隨便翻，喜歡哪本，盡可拿走。到我這年紀，書就沒什麼可看的了。

安　：你已經喝上了？

達　：他說的都是實話。這世界上該寫的書也已經寫完了。

安　：那你為什麼還寫？

達　：出於習慣。其實，要說的話，人也已經都說過。

老貝：說得好！

安　：那你還說？

老貝：只因為還活著。

安　：能不能說點別的？

老貝：眞的，我現在只聽聽新聞廣播，有沒有戰爭？我知道他媽的什麼叫戰爭！

安　：得，畫你的畫去吧！

老貝：她煩膩我了。

達　：女人，你有什麼辦法？

西西：達！

達　：來啦。

安　：她怎麼了？

老貝：不要緊，一個小傷口，貼上就得。

安　：別太過分！

老貝：瞧你說的！

安：你們的事我才不管，我只是提醒你，別弄得人不自在。

達：你怎麼啦？

西西：流血了。

達：傷口呢，厲害嗎？我看看！

西西：一點點，貼上了。

達：幹嘛瞎胡鬧？

西西：沒胡鬧，規規矩矩，小心翼翼的，一隻小耗子，周圍都是貓。

達：誰是耗子？誰是貓？

西西：這還用問，你眞不知道？

達：不許隨便砸東西！又不是小孩子！

西西：我沒法控制——

達：又不是動物。

西西：要也是呢？

達　：你該知道，這是別人家，不在你自己家裡。

西西：明白，都明白。

達　：那就好了。

西西：那就完了。

達　：完了什麼？

西西：你又不是沒有過女人，這還不懂？

達　：不明白，眞不明白。

西西：我再也不鬧啦！

達　：這可說好了！（親她）

西西：你放心好啦！（推開，轉身。）

安　：沒事吧？

西西：沒事，手指頭，貼上了。

安：別沾水，廚房我一會兒會收拾。

西西：對不起，剛才我有點神經質。

安：沒關係。

西西：都過去了，我例假來了。

老貝：你永遠也不可能眞正擁有一個女人，你信不信？

達：是這樣的，這念頭只好放棄。

老貝：可你放棄得了嗎？說實話！

達：你承認你又放棄不了。

老貝：你看，這世界上最精巧的造物還是女人，而非藝術。

達：那你爲什麼還畫？

老貝：人玩不過上帝。人想不朽，挖空心思製造各種各樣的假象，而藝術只不過是人給自己製造的幻覺。可女人呢，總也在你之外，你永遠也不可能眞正擁有，你擁有的只不過是被你稱之爲藝術的那幻覺。

達　：所以你弄完了抽象就又回過頭來畫女人，哪怕畫的儘管是幻覺？

老貝：而且無法說，女人，或者是這幻覺，有一天畫完了。

西西：一個心不在焉的情人，
一個想當情人卻可當爺的老爸，
兩個男人之間跳她的舞，
噠啦啦噠啦啦特啦！
這邊做個鬼臉，
那邊陪個笑，
當個蝴蝶，
不如做隻鳥。
蹦蹦跳跳，

誰也抓不到。
說她狡猾就狡猾，
要不怎麼拴男人？
誰叫他們是男人？
誰叫她生得水靈？
哪兒有花園哪兒有鳥，
嗐啦啦——啦啦，嗐啦啦—啦！

老貝：她唱什麼呢？
達　：誰知道？高興了就信口胡謅。
老貝：眞是個快活妞。
達　：倒也是，一個小動物。
老貝：要到我這年紀，你就知道，沒什麼比這更難求！

安：你嗓子挺好。

西西：謝謝，可沒有訓練。

安：你年輕，還可以學。

西西：這不是三兩天的事，得天天練聲，還得上課。

安：你不好像也有的是時間？

西西：可花不起這錢，得付學費。我倒是遇到個老頭，也說我天生的好嗓子，要免費訓練我。

安：那不正好？

西西：可有個條件。

安：什麼條件？

西西：得跟他睡覺。

安：他說了？

西西：這不用說，還不明白？

安：可你要是喜歡他，未嘗不可？

西西：我幹嘛讓他捏在手裡？

安：那當然不必。

西西：他倒是說要帶我跑遍全世界的，當個歌星，他做我的經紀人。

安：你沒信他的？

西西：又不眞教。

安：你上過他的課？

西西：教的全是怎樣上床睡覺——

（兩人大笑）

達：你命中注定，永遠是個異鄉人，沒有故鄉，沒有祖國，沒有眷戀，沒有家小，沒有累贅，只交稅。每個城市都有市政府，每個海關都察看護照，每個家庭都有主人和主婦，你只是在城與城、國與國、女人與女人之間遊蕩。

沒必要再認女人爲妻子，他國爲祖國，他鄉爲故鄉。

你沒有敵人，至於別人要以你爲敵，好激勵士氣，是他們的事。你最後一個對手——你自己，也一再殺死，不必再找敵人決鬥。

以往已一刀割斷，你也就沒有記憶。

你，也沒有理想，那些且留給別人去想。

你只想，此時此刻，譬如，像一片樹葉，隨風飄蕩，或者是一隻鳥，沿傾斜的屋頂斜飛出去，看地平線失重，隨你搖搖晃晃。

你騰空飛行，在城市和海洋之上，沒有目的，要一聲槍響，或心肌衰竭，掉下來，還留不留得下一點痕跡？

你在字與字、詞與詞之間穿行，沒完沒了，這語言曾經錚錚如鐵，拖累你有如鐐銬，如今卻像這小婊子一樣，如此輕佻，語言的自由於你還有什麼意義？

安：她說她不知怎麼的，總夢見一個黑皮口袋，人使勁揉搓，擠，壓，就那麼皮實，還就不破。

達：其實很簡單，譬如說，有根錐子……

安：也未必。

達：不妨一試。

安：那也徒勞。她說她還夢見一棵冒火的樹，孤零零在一片空曠的田野，望著熊熊火光，無動於衷，也聽不見一點聲響。

達：只因爲隔得太遠，不妨走近些。

安：照樣沒有感覺，因爲她早已燃燒完，只剩下個影子，一個別的什麼人的影子。

達：可這別人總還是個女人。

安：也只是個幽靈。

達：有意思，一個白日幽靈，夜晚才復活？

安：夜就更加可怕。

達：是夜可怕還是就害怕夜晚？

安：總之，誰也沒法讓她活過來。

達：是不是試過？如果沒什麼不妥，不妨說說？

安：你不是作家？盡可以想像。

達：想得太多了，便把幻想當成了感覺，要是倒過來呢？沒準又復活了。

安：也還是個活死人。

達：這都得驗證。

安：還是別觸動。

達：看看究竟有沒有反應？

安：那是劑毒藥，還是別沾的好！

老貝：你要證明你還沒有衰老，不肯承認死亡已一步步逼近。

你要再一次喊叫，再一次感受，不讓那黑洞洞的門在你身後就此關掉。

你要竭盡已經空虛的身體，再一次搏鬥，再一次掙扎，再一次……

你要的都已經有了：沒成名的時候，你只想有部你自己的車，開了就走；爾後，你想有個氣派的畫室；如今你有座莊園。

你要名聲不要權力，你反叛權威，一切窒息你的勢力。如今，你早已出頭了，那些屁都不是的毛頭小子又紛紛宣稱你已過時，你也不必去追趕他們的潮流，因爲你知道還等不到你死，這些時髦就先行下市。

你不需要更多的錢，沒那麼貪得無魘，要的都有，這就夠了。那麼，你究竟還要什麼？

這不能說，你說不出口你要不朽！你這副耗盡了的軀體早晚得焚燒掉，至於名聲之於後世，只有天知道。你不過在竭盡所剩無多的這點精力，同死作對？一場徒然無望的搏鬥，死亡靜悄悄就等在這黑洞洞的門口……

安：別過來！

達：他要過去呢？

安：你瘋啦？

達：他很清醒。

安：那就別動。

達：就這麼乾站著？

安：繼續說，說下去！

達：說什麼？

安：只要你還有可說的，譬如，幻想——

達：放縱一下——

安：怎麼放縱？

達：這女人都懂。

安：男人為什麼就不？

達：男人來得更直接。

安：就不會幻想？

達：怎麼想？

安：想像一下赤條條的欲望……

（輕聲，後退。）

達：這靠感覺。

安：你難道視而不見？

達：在一個陌生人的懷裡。

安：不，在一個陌生的地方。

達：像一隻馴服的動物？

安：不如說一頭受傷的野獸。

達：開始呻吟？

安：不，只舔舔傷口，沒有聲音。

（退得很遠，嫣然一笑，消失在門後。）

四重奏之三

安：你穿這裙子很合適，你不覺得？走動走動呀，表演一下，顯示顯示你這副身材！把腿露出來，提起下襬，挺好。把乳房露點出來，再露些，這太過分，行啦！活脫一個騷貨，沒有一點廉恥，沒一點顧忌！那無憂無慮的樣子，又確實討人歡喜。走呀，扭動身腰，像時裝表演，轉過去，再轉過來，轉身得俐落，你沒做過模特兒？別笑！行了，露出點牙，一條母狗。好，倚在門邊，怪不得男人都要。當心，你也會有那麼一天，全都膩味了，什麼都沒勁，你信不信？你那心，一下子就死了，只剩下一副喪失了感覺的身體。這不是嚇唬你，等你耗過了青春，還能剩下什麼？什麼都留不住，就那麼點記憶，像讀過的書，別人編的故事，還不如黑洞洞一片空虛。這你還不可能懂。行了，去吧！

達　：你不知道是不是爲尋求刺激，或是，想證明你也同樣輕浮，或只是看看會發生什麼？或者，就是尋快活。玩火，你又怕燙手，做唐璜，你還不夠灑脫。

安　：她埋在厚厚的粉脂裡，只自己知道。這一副顏面，從睫毛到嘴唇都是假的。

西西：她是下沉的船，熟透的蘋果，唱濫了的歌。左跳右跳，無端的大笑，無非是賣弄秋波。

老貝：你下樓來人上樓，上要是天堂，下要是地獄，倒也不壞。怕就怕什麼也沒有，一片虛無！

安　：她是條僵死的魚，光滑而冰冷。

每一面白睜一隻圓眼，亮晶晶卻什麼也不見。

西西：她是本打開的書，你們想讀就讀。
她是個黑洞，連自己也一起吞沒。

達　：你想女人，女人還就來了。
你以爲她窈窕，還就妖嬈。
你以爲她風騷，她就輕佻。
你還有可說的，就說。
你無可言說，就玩弄技巧。

安　：她可不是一場供人消費的快餐，
解開鈕釦，開始就知道終了，
都是遊戲，沒有奇蹟。

老貝：怎麼回事？你老眼昏花，無可置疑老啦，年歲不饒人，怎麼也抗不過，你白掙扎！

西西：你們看她是個小婊子，壓根兒就是，還有什麼可說？混身上下她都用個盡，你們又能怎麼著？

老貝：留不住也鷓鴣，誰的詩？記性越來越糟，讀過的，書名和作者都記不住。性命旨圭，也記不得出處，生命之精華，只剩點殘渣。

西西：她才不跟你們一起去死，要死可是你們自己的事。

安　：一個腳印，再覆蓋一個腳印，還是一個腳印。（低頭）

一個腳印，又覆蓋上一個腳印，只留下一個腳印。

（抬頭）

一個腳印一個腳印的走，就成了……（笑）

達：一個女巫？

安：不如說一個幽靈。

達：別走！

安：好看你抽菸？

達：不妨聊聊天。

安：得有可說的。

達：當然，譬如，說夢。

安：還得有夢可做。

達：總之，似乎……

安：怎麼沒詞了？

達：有那麼點幽光……

安：說下去！

達：依稀可辨，一道道荒涼光禿的山巒，一座死城在深淵裡，他俯視其上。

安：然後？

達：從山巔觀看，這城市也在游動，那是廟宇，那是鐘樓，那是亭臺樓閣，那是街巷，而街的路面和廣場，以及這些建築物的下半截卻一概不見……

安：（輕聲）繼續說下去……

達：雲翳平平，在一個高度，淡淡的一縷一縷，平薄的一層，在游動。他似乎騎坐在一道山巒的頂端，面前不遠就是深淵，得雙手緊緊把住岩石，以防滑下去，他不免心悸。騎座的這山巒也在游移，又給他快感，但止不住又有些恐懼。

安：（閉眼）她也感覺得到……

達：他知道，觀看的是一座被人遺忘了的死城，幽光之中，這城市結構精緻，令他吃驚。想努力看個清楚，牢牢記住，可這一棟棟的布局太複雜又極有條理，一下子無法把握。他想抓住個規律，好大致有數，卻都在游走，雲翳和城市和他騎坐的山巒，一概以大致相同的速度卻又不相吻合的方向旋轉。這令人驚訝的景象，一無聲響，又沒有一絲燈光，卻輪廓分明，清晰入微。這座建築密集的城市全都木結構，門窗一概緊閉，灰黑老舊的木頭……

安：她全都看見了……

達：這一棟棟的樓、無以計數的房間，曾經有過許多人，吃喝，作愛，都一而再，再而三，不斷重複，爭鬥，焦慮，煩惱乃至於活得無聊，竟一下全然死絕，而且無人知道，就有點可怕，森森然令他混身冰冷，且不可抑止住游移，隨時都可能滑落進腳下的深淵。他君臨其上，飄浮而失重，只眼睜睜還在觀看，這視象令他暈旋，那黑蜮蜮的深淵又吸引他止不住傾身向前。他努力克制這種誘惑，視線盡量撇開幽黑的腳下，移向前方，矗立於深淵之上的這座死城依然在他右邊的視線之內。他騎坐的山巒卻像一頭象，或一隻巨獸，起伏蠢動，眼看要失去控制，他趕緊閉眼。

安：然後呢？

達：然後就醒了，一個夢，只一瞬間，也只有在夢中才能見到這種奇蹟。他希望再持續一會，好留下盡可能清晰的記憶，屏住呼吸，又留出一絲氣息，但終於不能阻止這景象消失。他挺感動，似乎得到什麼啓示，又悵然若失。他當時知道，他有所能有所不能，可能做什麼這會兒卻又不知道了。

安：那就別說了。

老貝：喲，這腳怎麼也不聽使喚，彷彿不是你的，啊，一隻木腿！只有魔鬼才長蹄子，你又不是魔鬼，可魔鬼誰心裡都有，只是放不放出來。你罪孽深重，老不悔改，不該在這小妞身上動心思，可不試一試，又何從知道，是個小婊子還是隻小鴿子？一隻腳輕來一隻腳重，你騰雲駕霧，回顧走過的路——（砰一聲）

安：他叫我呢！

（風聲）

達：不，是風。

安：我得去看看。

西西：你嚇我一跳！

安：對不起，我把這門關上。

西西：他在哪兒？

安：也許在客廳，也許在書房。

西西：謝謝你的裙子，我穿不合適，已經放回浴室外的衣櫃了，穿我的牛仔褲就蠻好。我不揀別人扔的東西。我還要告訴你，我不會再到這裡來，我不想再看見你們。我不是你們的玩物，沒那麼蠢！我只想哭，哭的也是我自己，你們看不見我的眼淚。你沒什麼好得意的，我不需要守住個糟老頭，世界大得很，我哪裡都能去，不必盯住一個男人！

達：怎麼啦？

西西：我沒有什麼要同你說的，你同她說去。你們都有文化，有教養，我只是個婊子，路上揀來的！在你們眼裡，就是這樣。我馬上走！

達：怎麼同人說？我們是來作客的。

西西：人請的是你，我同他們壓根兒不認識。

達：我們明天一早就回家，這總可以吧？

西西：我等不到明天，再說那是你家，不是我家。

達：這夜裡，你去哪？

西西：你管不著，我截車走，路費又不用你付！

達：得，明明是台喜劇，你一演全砸！你實在不是一個好演員，逢場作戲，沒那技巧，這分狼狽，是你自找。你也不是情場好手，連那點聰明也弄沒了，只好下場，去場外揀球。

（**風聲大作**）

西西：她不知道還能做什麼，不知還能去哪裡？睜大眼睛，好發現點奇蹟。天空灰暗，雲在頭頂上直旋轉。她知道，只要在路邊一抬手，就會有車停下來；就會有男人的一張笑臉，就會有車門打開。人生其實很簡單，眼睛一閉盡可由它去。她就要男人對她著迷，就等那突如其來的親近，然後再縱聲大笑，無非再開自個兒一回玩笑。

要知道，她非不孤獨，可她想養一條狗，隨時隨地跟她走。只要輕輕吹聲口哨，這狗便歡歡喜喜，她身前身後，又跑還又跳。

可這會兒，她只想抽根菸，坐在水泥墩子上，望望路邊的廣告。她用不著那蕾絲花邊的乳罩，胸前鼓鼓的兩點，足夠招搖。她想對所有的人說：婊子！就像人說：你好！

她最討厭裝模作樣的女人，看見她們新鞋踩一腳狗屎，就暗自發笑。

她並不善良，再說善良又有什麼用？她媽從來也沒教。

她就想把所有的領帶打上死結，把花瓶統統砸碎！

達：你玩球，沒想到你自己也在別人手中，

你想抓住頭髮騰空，只抓得頭皮發痛。

於沒有意義中尋求意義，沒有愛中求歡，或者說尋求刺

激，都受慾望的驅使。

這世界你眷戀的也只有女人，可沒有一個女人牢靠，轉身可以投入別人的懷抱。

你嘲弄的這世界到頭來反將你嘲弄，原本都沒有意義，也包括你自己。

然後，然後你茫然，望著吹開的那門，門這邊，你一切努力歸於徒勞，沒有人肯同你再一起進去，看看是不是另有一番風景？

（風雨聲）

老貝：安！你聽見嗎？

啊，這骨頭，不知道是不是斷了？剛才摔了一跤。扶我到靠椅上，啊……就這腰還能彎，算沒殘廢。這老骨頭幸好還硬朗！

安　：躺下吧，你嚇了我一跳。

老貝：好大的風，記得嗎？那年，這房子剛裝修好，辦了個晚會，一屋子的人，多熱鬧！還喝了好多酒，也這麼瓢潑大雨，都走不了，就這裡過的夜，到處睡的人。房間和床都讓給了成雙結伴的，我就靠在這椅子上。後半夜，你溜進來，那時候這躺椅擱在畫室裡，還記得不？然後，你就留下了……

安　：後來，走了。

老貝：之後就又回來了，隔多少年了？那時候……

安　：像她一樣？

老貝：啊，一個尤物！

安　：也脫得赤條條的……

老貝：站在畫前，都是鮮明的大塊顏色，你說就這些色塊叫你止不住激動，記不記得？

安　：還有什麼好說的，都二十個年頭了。

老貝：你還會走嗎？

安　：誰知道？

老貝：哪裡漏水了？

安　：外面下雨呢。

老貝：窗戶都關上了？

安　：關上了。

老貝：啊……

安　：說什麼呢？

（鼾聲）

安：赤腳在涼水中，裙子濕淋淋，髒乎乎貼住小腿，客廳全浸在水裡，水還在漲，從門廳，從花園，從樹林那邊，從草場，從看不見的河岸，從天邊瀰漫而來，徒然站在門廳玻璃面前，無法阻止這一屋子的水，還不斷上漲，沒一個角落，沒有一處可待。漫過地毯，漫過第一級樓梯，都飄浮起來，書和T恤、眼鏡盒、紙盒、牛仔褲、椅墊，全都弄髒了、泡脹了、連凳子都搖晃，毫無辦法，那畫室更低，就不用去看，那些畫都立在地上，肯定全完，只有沙發還在水中沒動，而她，這條母狗，赤條條一絲不掛，就躺在上面……

四重奏之四

西西：地上怎麼掉了個球？

老貝：哪兒？

西西：差點砸壞了。

老貝：哦，一顆象牙的彈子，可結實呢。

西西：這樣玩，行嗎？

（滾彈子）

老貝：我贏啦！

（接住彈子，抱住她。）

西西：喏，給你，左邊，只許親一下。

達：她可會逗人呢。

西西：給你，右邊，只許一下，不能都給，都給就沒啦。誰想都得到，給我做個倒立！

老貝：怎麼可能，這年紀？

達：總得讓人能做得了。

西西：那就地上翻個筋斗，這很容易，小孩子都能。

老貝：這妞，眞會折騰人。

達：做個樣子還不行？

西西：眞玩還是假玩？不是沒事做遊戲？就聽你們說個沒完，不興別人也玩玩？

達：玩什麼不好？這都是小孩子的遊戲。

西西：玩又不會玩，出又出不去。

達：這不下雨呢。

老貝：那你說吧，玩什麼？老命豁出去，奉陪，行嗎？

西西：捉迷藏也行，這麼大的房子，這麼多房間，樓上樓下，你們也得運動運動，跑跑步！

老貝：瞧這妞，精力旺盛得沒處使。

達：還像個孩子。

西西：眞沒勁，跟你們都要老朽了！
老貝：那你說怎麼玩。
西西：叫安一起來！
老貝：由她去，她只會發懶。
西西：那，替我把鞋脫了！一人脫一只。
達　：眞拿她沒治。
老貝：得。

（音樂）

達　：沒有門，不妨開一個。
你在門裡，他在門外。
你要出去，他要進來。
避免相撞，只好把門再關上。

沒有鑰匙，進不去了。
要趕上下雨，又沒帶傘，可不渾身淋透？
沒有上帝，造一個！
沒有救世主，自己出面。
沒有故事，儘管編。
沒有靈魂呢？沒有就沒有。
而倒楣如同牙疼，誰都避免不了。
要沒戲，自己做；
沒掌聲，自己鼓；
沒吹鼓手，便自彈自唱；
沒有觀衆，便自我欣賞。
沒有沒有，就沒有。
你建造個世界，再把它毀掉。
你不建造，不建造的好，也就不用毀，也就毀不掉。

你相信有鬼，就有鬼，你要不信，不信就是了。
你要轉圈，總也轉不完。
你要不轉，又能拿你怎麼辦？

西西：把這門關上，把那門打開。這兒呢！
（躲到門後）
一個灰姑娘，提著水晶鞋，看他們跑上跑下忙個不迭，氣喘吁吁還滑一跤！
（砰的一聲，止不住要笑。）
骨折了？啊——這可不得了！
（抱頭捂眼）

老貝：（地上爬起來）
怎麼回事？

（見西西在門後。）

西西：（作哭狀）

人又不是故意的。

老貝：沒事，沒事了。哭什麼，小東西？老爸爸回家給小妞買個大娃娃！還是你老爸嗎？

西西：她不是誰的女兒，小妞也好，老爸也好，統統是屁話！情婦還是模特兒，這樣那樣的角色，她都夠啦！

達　：你說你愛她，她也說她愛你。
你要不愛她，她也就不愛你。
愛情如同眞理，都一個德行。
她說她愛得挺痛苦，便眞的胃痙攣。
而她放縱尋快活，誰也沒轍。

你說的實話或空話，終歸不是神話。

西西：她說她可不是個性玩偶，
性感不性感也還有情感。
你們找刺激都朝她發洩，
她那份憂傷誰又能排遣？

達：誰都說，誰，高舉正義的大旗，
誰都會找尋理由，恰如娶妻的人，跟情婦抱怨妻子。
要免除煩惱，早知道，不娶豈不更好？
你舉起，一隻腳，看能舉多高，
到再也舉不動，不舉就是了。
你以爲是隻蟲，便是蟲。
你自認是隻虎，要知道這虎，除了籠子裡以外的，已絕

種。

老貝：（背手躡足）

這小婊子，哪去了？

（老貝悄悄推開門。安與達正接吻，老貝悄悄走近，端詳。）

安　：混蛋！

老貝：人不是什麼也沒說？

安　：嚇我一跳。

（推開達）

老貝：打攪了，繼續呀！

（達走開）

安　：你手上拿的什麼？

老貝：（伸出左手）

沒什麼。

安　：那隻手！

老貝：（改而亮右手）

沒有就是沒有。

安　：你背後藏的什麼？

老貝：（亮出手槍）

一個玩具。

（扣板機，啪嗒一聲。）

瞧，可不是？做戲的道具。

安　：你嚇著我了……

（失聲哭）

老貝：哦，對不起，一個玩笑，不是說好的玩笑嗎？只做了下效果，得，別哭啦！

（上前擁抱她）

安　：（後退）不！

老貝：做個遊戲別當眞。

安　：不，你把我殺死了。

老貝：哪兒的話？

安　：你要殺我！

老貝：這不明明是假的，鬧著玩嗎？

安　：不，再也受不了，沒法同你在一起！

老貝：不是開玩笑吧？

安　：我再也沒法同你過！

老貝：得，一個老混蛋，活不了多久……

安　：求求你，別再做戲，眞受不了！

老貝：明白啦，你要跟他走？

安　：不知道，總之，沒法同你再過了。

老貝：聽便，你也不是沒離開過，這裡，只要碼頭還在，總是你的一個港口。

（扔下槍，走開。）

安　：咳，一場惡夢！

（雙手覆面）

老貝：（開另一扇門）

怪事，怎麼下雪了？

（達回轉，在老貝身後，以同樣的姿勢同安接吻。）

老貝：（仍望門外）

飛了

安　：（安以同樣的方式推開達。）

什麼飛了？

老貝：（並不看他們）

瞧！哪兒——

安　：說什麼呢？

老貝：沒了。

安　：什麼沒了？

老貝：剛才有，現在沒有。

安　：你眼花啦！

老貝：瞧，那兒呢！

安　：你說什麼？

老貝：（回頭笑）

這會兒什麼也沒有了。

達：你嘲弄我？

老貝：說著玩的。

達：你捉弄我。

老貝：一個玩笑，沒別的意思。

達：你找碴！

老貝：老弟，你沒幽默感，所以你寫的東西都太沉重。

達：你請我來就爲了作弄我？沒處發洩怎麼著？

老貝：說什麼呢？這在我家，你來作客，不錯，是我請你來的，我看得上的人才請。我這裡不是遊樂場，不是酒吧，我也不希望人把我家誤認爲酒吧，或什麼隨便糟搞的地方。我在我家裡難道沒有權利開個玩笑？你要不尊重我，請便！

（達走開）

都說了些什麼呢？

（搖頭，出門。）

（安同一姿勢以手覆面。）

西西：達！

達　：（回頭）

這兒呢。

西西：別碰我。

達　：爲什麼？

西西：你是一個影子呀？

達　：說什麼呢？

西西：啊，我剛才做個夢來著。我叫你不應，你躺在這屋的沙發上，睡著了，我想弄醒你，一摸，空的，一個影子，我好害怕。

安：（垂手）

他就要死了。

達：誰？

安：他，剛才，從我身邊過過，出去了……

（達與安望門外）

老貝：竟然是一片雪景，白得耀眼，並不覺得寒冷，只令他暈旋。四下十分寂靜，他想弄清楚究竟是不是夢？遠處，蒼綠的樹林，灰褐的樹幹，積雪皚皚，那麼厚實，枝頭都壓彎了。鉛灰的天空，有一縷聲音，飄忽不定，尖銳得令耳鼓似乎輕微刺痛。樹林邊緣，有幾個黑點在活動，像幾隻鳥，先前在門裡時似乎見過，想認定它們的顏色，並非全黑，又不像是烏鴉。

（繼續前去）

他想弄清楚那跳躍的幾點究竟是不是鳥？像在覓食，竟又不動了。又像是幾塊石頭，沒被雪覆蓋，有點怪。一切都這麼寧靜，清晰，只有那幾隻鳥，或幾塊石頭，晃動不清，再看卻又不動，不能不令人恍惚。

他得弄清楚那究竟是鳥還是石頭？倘若是鳥，又究竟是不是烏鴉？越定睛凝神，那幾個黑點卻越益模糊。莫非老眼昏花？

（閉眼，養神。）

這世界從來還沒這麼清晰，樹冠上的積雪同天空的分野，雪下叢叢點點綠葱葱的樹葉，一棵棵灰褐的樹幹，線條都斷然刻畫，分明得令人詫異。大概是雪的反光太明亮的緣故，沒有投影，也消失了景深，都一動不動，也沒有一點風。

（睜眼再看）

可雪地上的鳥或者石頭，積雪的樹冠同天空色調的分野，蔥綠的樹葉和灰褐的樹幹都頓然失色，而且不可遏止。越睜大眼睛，色彩越迅速消褪，輪廓和線條也都朦朧了，眼前一片蒼白的天空、灰黑的樹林和潔白的雪，而那些鳥或是石塊，這四下唯一還動的東西居然還在，不過更加模糊，更難以捉摸，可也還得弄清楚那究竟是石塊還是鳥，倘若是鳥，又是不是烏鴉？

（一步一步，悄悄接近。）

無瑕的雪地竟裂開一道裂縫，把他同面前的那些烏鴉或是什麼鳥或是石塊漸漸隔開……

（回頭）

身後竟沒有腳印，他不免吃驚，努力追憶是怎麼來的？尋思的這當口，身後的雪地上也出現一條裂縫，眼看迅速擴展，腳下竟然黑水幽幽。

（他屏息不動）

他並不恐懼，也不再詫異，就眼看這斷層擴張，造成的新斷層又在擴張……他大約站在一塊浮冰之上，有種漂浮感，他也就隨之漂流而去，輕鬆而失去重量，不再管那雪地上的鳥，或是烏鴉，或是石頭，只看著腳下幽幽黑水隨之擴大。

他緩緩下沉，不可抗拒，也毋需抗拒。手中還拿頂帽子，一頂舊帽子，好久沒戴過，渾身上下涼意浸透，擔心可別感冒了，好歹得把它戴上……

（音樂）

安　：你好像挺高興的。
西西：爲什麼不？你好像也是？
安　：你瞧，天晴了。
西西：可不是，這會兒，都一清二楚。
（笑）
他都說了。
安　：誰？說什麼？
西西：不就是你們那事？
安　：你可眞會沒事找事！
西西：是他同我說的呀，不就是玩唄。
安　：拿你眞沒有辦法。
西西：你們可眞會玩！
安　：玩什麼？
西西：那還用問？

安：可眞有你的！

西西：可不。你不抽菸？

安：這對皮膚不好。

西西：不要緊，我，還早著呢。

安：可早晚有一天，等你發現，已經晚了。你要酸奶嗎？

西西：謝謝，我自己來。你們經常這樣耍？

安：看你說的！

西西：這可不是我說。

安：你還有完沒完？

西西：是他對我說是你對他說的。

安：你聽他的！

西西：我誰也不信。

（露齒笑）

安：你們一會兒就走？

西西：我倒沒事，你問他去。
老貝：這天眞好，對不起，陽光和曛！
安　：去你的！
老貝：開個玩笑嘛。她總神經質。
安　：你才神經有毛病。
老貝：不再待兩天？
西西：還做模特兒？
老貝：不，只作客，安挺喜歡你，眞的！
安　：（起身）
　　他怕寂寞。
（走開）

西西：我挺喜歡這兒，肯定會來的，我也會做菜。
老貝：那好極了，我就喜好美食。
西西：我還會做糕點，我拿手的是櫻桃餅！
老貝：好極了，下回再來，我摘櫻桃你做餅！
西西：達！你在哪兒呢？
達　：這就來啦。
老貝：小東西，就這樣說定了！
西西：安哪去了？
達　：在外面看天呢。
老貝：這天可下不了雨。可惜，他們也沒有去外面林子裡走走，一會兒還可以轉轉去。

達：不行，我下午一定得到，同出版商有個約會。

老貝：那可別耽誤了，寫本漂亮的小說？

達：也許是個可笑而無聊的故事。

老貝：得先簽上合同！

達：人要是接受的話。

老貝：要不接受呢？譬如說，要你照顧這方面或那方面的讀者的口味，人不會花錢買煩惱，你當然知道出書的怎麼著眼。

達：要有附加的條件，那就算了。

老貝：老弟，我欣賞的就是你這點，不在於你的書。要知道，書我現在根本不看。妞兒，你看他的書嗎？

西西：我看他不就得了？

老貝：眞絕了！寫本連女孩子都不看的書，你這合同算是完啦！

達：那就寫齣戲。

老貝：要沒人演呢？

達：不演就拉倒。

老貝：這可不是自殺嗎？你不像我，差不多到頭了，你還早呢。

達：走著瞧，船到橋頭自然直，過不去，下水就是了。

老貝：得，一齣關於自殺的戲？

達：活得好好的幹嘛自殺？不如說一齣關於完蛋的戲。

老貝：完蛋什麼？

達：什麼都完蛋了。

老貝：這可是個好題目！這妞，你覺得怎樣？

西西：我就想把自個兒完蛋掉！

老貝：別，你年紀輕輕的，別像我這老傢伙，好好活著！

西西：這不都活著呢。

（悠悠吐一個煙圈）

老貝：這戲可不那麼開心。誰會演呢？

達　：我們幾個，不正好？

西西：我可不演，我夠了。

老貝：安，你沒聽見剛才他談戲呢。

安　：什麼戲？

達　：塔科夫斯基的父親叫塔科夫斯基。

西西：眞逗。

老貝：說得好，再有呢？

安　：太平洋上有個島，怎麼也沉不了。

（放音樂）

你們不跳舞嗎？

西西：跳！爲什麼不跳？男人們，一起跳呀！

（圓舞曲，達、西西、老貝和安四人起舞。）

達　：塔科夫斯基的父親，

西西：叫塔科夫斯基，

老貝：每天早晨吃早飯。

安　：公雞都不下蛋。

達　：太平洋上有個島，

安　：怎麼也沉不了，

老貝：下了個絆子，

西西：把自己絆倒。

老貝：有朝一日，戰爭爆發，

達　：你我幸好都去世，

西西：這房子也沒影啦，
安　：剩下太陽照草地。
安　：莫扎特早死了，
達　：也還有人在演奏，
西西：不會這麼悽涼，
老貝：咖啡沒加糖。
安　：茶總是苦的，
西西：也有甜茶，
老貝：一個左撇子，
達　：寓而不言的寓言。
老貝：有一天，下個絆子，

西西：這房子早就沒影了，
安　：塔科夫斯基的兒子，
達　：也叫塔科夫斯基。

安　：每天早晨吃早飯
達　：咖啡沒加糖。
西西：太陽還照在草地上，
老貝：不這麼悽涼。

西西：太平洋上有個島，
安　：也還演奏四重奏，
老貝：一個左撇子，
達　：還就沉不了。

安　：當戰爭爆發，
達　：茶總是苦的，
西西：莫扎特不死，
老貝：也有甜茶。

達　：一個言而不寓的寓言，
西西：公鷄都不下蛋，
老貝：言而不寓，
安　：寓而不言。

（劇終）

後記

一、這是一部可供朗讀、廣播和舞台演出的戲，將戲、詩與敘述揉合在一起，自然也可以配上音樂。

二、本劇演出時，四個人物除幕間休息，始終在舞台上，如同一場四重奏的音樂會。

三、四個人物等於四個不同的觀點。遇到同一事件的不同的場景，導演處理宜改變角度，或是改變台上人物的位置，或是把人物的調度作反方向處理。

四、同一人物在獨白、對白、三重與四重對話時，我、你、他三種不同的人稱要加以區分，這給演員的表演也提供新的可能：演員可以扮演角色（台詞爲第一人稱時），也可不扮演角色（台詞爲第三人稱時），也還可以扮演這一角色在別的角色眼中的形象（台詞爲第二人稱時），因而有許多選擇，可也需要由導演加以統籌。

五、演員倘牢牢把握台詞中三種不同的人稱，便不難確立對自己的角色以及對別的角色的態度，斡旋其中。當台詞爲第二人稱你的時候，演員可以持一種中性演員的身分，或訴諸所扮演的角色，或直接訴諸觀衆；當台詞爲第三人稱他或她的時候，演員既可以用中性演員的身分向觀衆表現所扮演的角色，也可以用中性演員的身分向劇中的對手展示所扮演的那個角色。

六、這戲不顧及劇情事件的邏輯和時間的順序，情緒的演變勝於劇情。排演時不妨先定下各場戲相應的節奏，這較之別的舞台手段更爲重要。

七、這戲由於現實與想像，回憶與夢境，思考與陳述，不斷轉換，因而舞台設計不宜採用實景。劇中所需的空間與場景，可用若干活動的門和桌椅加以不同組合，再配上燈光的變換與切斷。演員的服裝和道具也可在門後更換，不必下場，戲的節奏可更爲緊湊。

——高行健　一九九五年於巴黎

（本劇寫作應法國如埃萊圖爾市立圖書館Bibliothéque Municipale de Joué-Lés-Tours邀請，並得到法國國家圖書中心Le Centre National du Livre de France贊助）

當代名家

周末四重奏

2001年1月初版　定價：新臺幣150元
2006年11月初版第四刷

著　　者　高　行　健
發 行 人　林　載　爵

出 版 者　聯經出版事業股份有限公司
台北市忠孝東路四段555號
台北發行所地址：台北縣汐止市大同路一段367號
電話：(02)26418661
台北忠孝門市地址：台北市忠孝東路四段561號1-2F
電話：(02)27683708
台北新生門市地址：台北市新生南路三段94號
電話：(02)23620308
台中門市地址：台中市健行路321號
台中分公司電話：(04)22312023
高雄門市地址：高雄市成功一路363號
電話：(07)2412802
郵政劃撥帳戶第0100559-3號
郵撥電話：26418662
印 刷 者　世和印製企業有限公司

責任編輯　顏　艾　琳
封面設計　張　小　娟

行政院新聞局出版事業登記證局版臺業字第0130號

本書如有缺頁，破損，倒裝請寄回發行所更換。
聯經網址 http://www.linkingbooks.com.tw
信箱 e-mail:linking@udngroup.com

ISBN 13：978-957-08-2195-6 (平裝)
ISBN 10：957-08-2195-7 (平裝)

國家圖書館出版品預行編目資料

周末四重奏／高行健著．--初版．
--臺北市：聯經，2001年
128面；14.8×21公分．（當代名家）
ISBN 978-957-08-2195-6（平裝）
〔2006年11月初版第四刷〕

854.6 90000094